La Vie rêvée de Joséphine Bermudes

Mim - Benoit Bajon

Épreuves de presse non corrigées

Mise en pages resserrée

Le roman comportera env. 20 illustrations au trait.

Magnard Jeunesse

Illustration de couverture : Pénélope Paichler

5, allée de la 2e DB – CS 81529 – 75 726 PARIS 15 Cedex

www.magnardjeunesse.fr

Dépôt légal : août 2017

N° ISBN : 978-2-210-96368-9

1

C'était un matin ordinaire, un de ces matins où les automatismes prennent le pas sur la conscience. Les idées encore embrumées par les rêves de la nuit, je commençai à préparer mon petit déjeuner. Sans un café bien fort, j'avais parfois du mal à être tout à fait réveillé ! Je contemplais l'onctueux filet noir couler dans mon bol, quand un miaulement autoritaire me rappela à l'ordre. Mon chat était prêt pour sa tournée sur le toit des immeubles voisins. Je lui ouvris distraitement la fenêtre. Un souffle d'air tiède s'engouffra dans la pièce. Cette température était surprenante pour un mois de janvier… Je jetai un œil dehors. Il faisait encore nuit, et je ne remarquai rien de particulier.

– Y'a plus de saisons, hein, Mironton ?

Le matou se contenta de humer l'air, sans mettre une patte dehors.

– Eh bien, quoi ? Tu as la flemme de sortir, finalement ?

Mironton se mit à cracher, le poil hérissé. « Quelle mouche le pique encore ? » me dis-je, en le voyant déguerpir à l'autre bout de l'appartement. J'avais renoncé depuis belle lurette à comprendre cet animal. D'une façon générale, il n'en faisait qu'à sa tête, et j'avais décidé de ne plus me soucier de ses sautes d'humeur. Je restai donc là un moment, à fixer mon café, laissant mes pensées errer mollement, tandis que le jour se levait peu à peu. Je me sentais flottant, ce matin-là. Ailleurs.

Je finis tout de même par me secouer et je me dirigeai d'un pas résigné vers la salle de bains. Je n'avais pas très envie d'aller travailler. Mais il fallait bien gagner sa vie ! Depuis dix ans, moi, Hector Boulay, j'étais employé au Ministère des Rêves, et j'en avais toujours été fier : peut-on imaginer plus beau métier que de rendre les autres heureux ?

Chaque jour, des centaines de personnes déposaient au Ministère des dossiers de prise en charge de leurs souhaits. Une météo clémente, moins de nez qui coulent en hiver, des balcons fleuris, des petits oiseaux qui chantent tôt le matin : toutes ces demandes atterrissaient directement au Département des Petits Bonheurs, qui se penchait sur le cas de chacun. Bien entendu, il ne s'agissait pas de modifier la réalité en profondeur, mais simplement d'embellir le quotidien des uns et des autres, à condition que les souhaits soient raisonnables. Éviter les épinards à la cantine, ou gagner un concours de billes à la récré, c'était envisageable ; en revanche, éradiquer les brocolis de la surface terrestre ou remplacer l'eau des robinets par du chocolat, ça… c'était hors de question ! Les conséquences auraient été trop graves : les amateurs de brocolis auraient manifesté sous nos fenêtres, et quant à la douche au chocolat… n'en parlons pas ! Nous n'étions pas là pour favoriser les intérêts d'une personne au détriment des autres. C'est pourquoi, chaque semaine, une commission se réunissait. Les dossiers qu'elle retenait étaient transmis à la salle de Réalisation des Rêves, où des techniciens zélés se chargeaient de les mettre en œuvre par des procédés tenus secrets. Comme par magie, disaient certains de mes collègues pour plaisanter. Moi-même, j'ignorais toutes les étapes complexes qui permettaient de réaliser un souhait, mais je savais qu'à longueur de journées, les immenses cheminées sur le toit du Ministère diffusaient les rêves sous la forme de vapeurs, que le vent se chargeait de disperser aux quatre coins du pays. Sans qu'on s'en aperçoive, ces rêves venaient ainsi se mêler à nos vies, apportant une touche de gaieté et d'optimisme à nos quotidiens parfois moroses. N'avez-vous jamais senti flotter dans l'air, certains matins, un parfum de bonne humeur contagieuse ?

Personnellement, je travaillais au Service des Pieds sur Terre, l'autre département du Ministère, et de loin le plus important. C'était là que nous luttions contre un fléau ravageur : la RÊVASSERIE ! Notre mission numéro un ? Débarrasser la société de cette imagination néfaste, rampante, inutile, qui s'infiltrait dans les salles de classe et les immeubles de bureaux, et qui poussait les gens à regarder par la fenêtre au lieu de travailler. Nous savions que pour rendre les gens heureux, il fallait d'abord les aider à rester dans le droit chemin ! Grâce à nous, finis les retards à l'école parce qu'on avait suivi un papillon, ou les clés oubliées parce qu'on pensait à autre chose… Les salariés produisaient, les élèves apprenaient, les dossiers avançaient : l'efficacité triomphait ! Le Service des Pieds sur Terre était là pour remettre la tête sur les épaules à tous les rêveurs indécrottables. Certains venaient nous voir de leur plein gré, désireux de se débarrasser d'une idée obsédante ou même d'un cauchemar récurrent. D'autres étaient adressés par les directeurs d'écoles ou d'entreprises quand ils avaient du mal à se concentrer… Confier ses rêveries au Ministère, c'était la seule façon de se libérer de leur poids. Et c'était d'ailleurs là que j'intervenais : comme les autres agents de mon service, j'étais chargé de recueillir ces pensées pour les archiver en toute sécurité, et permettre ainsi à leurs propriétaires de vivre sereinement. Bureau B12, sous-section des archives, c'était chez moi que les têtes en l'air en tous genres atterrissaient ! Je transcrivais avec fidélité ce qu'ils me racontaient, je tamponnais, j'archivais, et hop ! Retour à la réalité pour les rêveurs maladifs. J'avais toujours été convaincu de l'utilité de mon travail. Mais depuis quelque temps, je devais bien avouer que je ressentais une petite lassitude à l'idée de noter les pensées farfelues des autres, tandis que j'étais moi-même coincé au milieu de dossiers poussiéreux…

Sous la lumière crue de ma salle de bains, j'allumai la radio pour écouter les informations et le bulletin météo. Mais ce matin-là, une chose bizarre se passa : impossible de capter la moindre station… Seuls des cris étranges ou des sons inaudibles sortaient du poste ! Je fronçai les sourcils, envahi par un sentiment confus : depuis mon réveil, cette journée semblait dérailler sans que je puisse vraiment dire pourquoi.

– Bah ! m'exclamai-je. Une bonne douche et j'aurai les idées plus claires !

La tête sous le jet d'eau chaude, je laissai les dernières brumes de sommeil se dissiper, avant d'enfiler mon costume.

Voilà, j'étais prêt. Les pensées déjà tournées vers mes dossiers de la journée, je descendis les escaliers machinalement. Je m'arrêtai sur le palier du deuxième étage, intrigué par une sensation de chaleur moite, qui semblait transpirer des murs. J'inspectai rapidement les parties communes. Tout paraissait en ordre. Arrivé au rez-de-chaussée, je pris le temps de frapper chez la gardienne. Elle m'ouvrit, l'air renfrogné.

– Oui ?

– Pardon de vous embêter, mais… vous ne trouvez pas qu'il fait très chaud ?

Elle me dévisagea, comme si elle me prenait pour un parfait imbécile.

– C'est pour me dire ça que vous me dérangez ?

– Je, euh… Non, c'est-à-dire que je me demandais si par hasard, enfin… on n'avait pas un peu forcé sur le chauffage ?

– Le chauffage ? Vous êtes sérieux ? Bon, excusez-moi, j'ai du travail, dit-elle en s'épongeant le front.

Et elle me claqua la porte au nez. Ah ça, s'il y avait bien une chose immuable, c'était son caractère de bouledogue ! Je me promis néanmoins de passer voir les voisins le soir même pour leur parler de la température de la cage d'escalier, et sans plus attendre, j'ouvris la porte cochère avec énergie. Mais je restai planté là, stupéfait.

À la place de l'habituel bitume gris et terne, une végétation luxuriante s'étendait à perte de
vue, dans une explosion de nuances de verts, recouvrant la chaussée, les trottoirs, les façades des immeubles… Ça alors ! La jungle avait pris possession de la ville ! Les jambes fla-

geolantes, je crus d'abord à une hallucination et je m'appuyai contre le chambranle de la porte. J'avais beau cligner des yeux, cette vision affolante refusait de disparaître. Alors que, sonné, je tentai de comprendre ce qui avait bien pu se passer durant la nuit, un macaque venu de je-ne-sais-où se précipita sur moi et m'arracha ma sacoche, avant de se sauver sous les rires moqueurs de ses congénères…

– Bah, alors, vous n'êtes pas réveillé, ce matin ? me lança Monsieur Duval, depuis la fenêtre de son appartement.

Je levai la tête, ahuri, vers le premier étage.

– Vous savez pourtant qu'il faut surveiller ses affaires, avec ces sales bêtes ! reprit Duval. Il n'y a aucune chance que vous retrouviez votre sacoche, ils vont la mettre en lambeaux, et jouer avec vos documents… Le mieux, c'est encore d'éviter de sortir ! Enfin, évidemment, on n'a pas toujours le choix, hein. Des fois, on a des choses à faire…

Je fixai Duval, l'air éberlué. Il ne semblait pas surpris par la situation et commentait tout cela d'un ton détaché.

– M'sieur Duval, demandai-je d'une voix dont j'essayais d'effacer toute trace d'inquiétude, vous pouvez m'expliquer ce qui se passe, là ?

Duval haussa les épaules et referma sa fenêtre sans prendre la peine de me répondre. Depuis que je vivais là, ce vieux bonhomme bourru ne m'avait jamais considéré avec beaucoup de sérieux, mais il était d'ordinaire courtois et ne s'était jamais payé ma tête… Je demeurai interdit, les yeux perdus dans cette immensité verte et foisonnante. Aucun véhicule ne circulait. La rumeur de la ville avait disparu, remplacée par une multitude de cris et de bruits inquiétants. Quant aux très rares passants, ils ressemblaient plus à des explorateurs qu'à des citadins se rendant à leur travail. Le sac à dos et la tenue de randonneur étaient de mise ! Ils semblaient sur leurs gardes, mais n'avaient pas l'air déboussolés par cet étrange environnement… Étais-je devenu fou ? N'y avait-il que moi pour m'étonner de la situation ?

J'hésitai entre appeler à l'aide et courir me réfugier chez moi, sans toutefois déterminer ce que je pourrais bien y faire. Je jetai des regards paniqués aux alentours, espérant me raccrocher à un élément rassurant. Mais la vie semblait suivre son cours normal pour tout le monde. Je décidai donc de me rendre au travail malgré tout. Quelqu'un me fournirait peut-être un début d'explication ?

2

C'est drôle comme on croit connaître un lieu uniquement parce qu'on se raccroche à des détails familiers. Le trajet jusqu'à mon bureau, j'aurais pu le faire les yeux fermés ! À cette époque, je vivais seul avec mon chat et j'étais ce qu'on pouvait appeler un vieux garçon. Pourtant, je n'avais pas encore quarante ans, ni de rhumatismes, merci bien ! Mais je détestais l'imprévu, la surprise, et l'aventure sous toutes ses formes. Aussi, j'empruntais toujours les mêmes rues, à pied ou en voiture, je souriais lorsque la vieille dame à l'angle de la boulangerie sortait son chien en robe de chambre, je ne manquais pas de saluer le monsieur qui balayait la chaussée un peu plus loin ; je pestais à cause des cyclistes imprudents, râlais contre les livraisons intempestives, m'agaçais d'un feu rouge trop long…

Mais ce jour-là, tout était différent ! La topographie de la ville en elle-même ne semblait pas avoir changé, et pourtant, j'étais clairement en territoire inconnu, et hostile de surcroît. Tremblant, je parcourus quelques mètres, enjambant tant bien que mal les racines et les lianes qui couvraient le trottoir. À cette allure, je n'étais pas près d'arriver à mon bureau ! La densité de la végétation était telle par endroits qu'une machette n'aurait pas été inutile. Je progressais avec peine, tentant d'écarter les végétaux tout en épargnant comme je le pouvais le tissu de mon costume. En quelques minutes, je me retrouvai en sueur et les paumes méchamment écorchées. Je soupirai à l'idée de ce qui m'attendait pour le reste de la journée.

Des chants d'oiseaux inconnus et d'autres bruits étranges résonnaient sous le couvert des arbres. Pourtant, les rares animaux que je croisais étaient mes semblables. Au bout de deux heures de route dans cet étouffant fourbi végétal, je parvins, épuisé, à l'endroit où la veille encore se tenait l'imposante masse grisâtre du Ministère des Rêves.

C'était comme si la jungle s'était déchaînée sur le bâtiment. Les fenêtres brisées vomissaient des entrelacs de lianes, de feuilles, de branches insolentes qui s'élançaient à l'assaut de la façade. Tout en haut, d'énormes fleurs rouges avaient colonisé le toit et flottaient victorieusement dans la brise matinale, s'enroulant autour des cheminées qui crachaient les vapeurs de rêves à jets continus. J'étais face à un vestige d'une autre époque, témoin d'une civilisation disparue. Je regardai la cour d'honneur, où se pressait en temps normal le ballet des voitures officielles. Au milieu de ce chaos, je repérai les marches de l'escalier central où, la semaine précédente, notre Ministre avait accueilli le Président pour lui remettre notre rapport sur « L'utilisation du rêve en milieu urbain comme vecteur de ré-enchantement de la vie quotidienne ». Je me figeai en découvrant le perron.

Là, étalé de tout son long sur le marbre blanc, un tigre me fixait de ses yeux jaunes. Oui, un tigre ! L'animal posait telle une statue, parfaitement immobile. Seul un léger frémissement de ses babines indiquait qu'il était bien vivant, et surtout… qu'il m'avait repéré. Une décharge de peur brute me remonta l'échine. Ce n'était vraiment pas une bonne idée de rester planté là, mais je me sentais paralysé, comme hypnotisé par le regard perçant du fauve. Si je le quittais des yeux une seconde, il en profiterait pour se jeter sur moi et me dévorer. Lentement, j'entrepris de reculer, en évitant tout mouvement brusque susceptible d'agacer le nouveau maître des lieux. J'aperçus du coin de l'œil un arbre, et je m'en approchai à pas lents. Intrigué par mon manège, le fauve se redressa. C'est le moment que je choisis pour m'élancer et agripper les premières branches, afin de m'y hisser tant bien que mal. Un grondement menaçant m'annonça que le tigre s'était levé. Sans prendre le temps de me retourner, je me mis à escalader frénétiquement, pour mettre le plus de distance possible entre le fauve et moi.

Parvenu à dix mètres de hauteur, haletant et en sueur, les jambes et les bras meurtris, j'osai enfin un regard vers le bas : le tigre tournait autour de l'arbre en feulant. Je n'avais jamais vu une telle masse de muscles. C'était fascinant… Et terrifiant. Je me rassurai un peu en songeant qu'en principe, les tigres ne grimpaient pas aux arbres. J'étais donc à présent hors de danger. Enfin, dans une certaine mesure… car le fauve ne me quittait pas des yeux ! Il guettait sa proie, c'était évident. Je le voyais aller et venir au pied de l'arbre, attendant avec impatience que je me décide à descendre… ou à tomber. Bientôt, agacé de me sentir hors de sa portée, il se dressa sur ses pattes arrière et se mit à fouetter l'air de ses antérieurs massifs, lacérant l'écorce. Avait-il une chance de m'atteindre en sautant ? L'arbre tanguait sous ses assauts, et je me cramponnais tant bien que mal, cherchant une solution pour me tirer de ce mauvais pas.

Un bruit attira soudain mon attention. Un craquement sec, puis un autre, dans les branches au-dessus de moi. Il y avait quelque chose, là-haut… ou quelqu'un ! Je scrutai le feuillage épais, tandis qu'au pied de l'arbre, le tigre continuait à s'acharner.

– Ohé, il y a quelqu'un ? Vous pouvez m'aider, s'il vous plaît ? lançai-je.

Une tête apparut au milieu des feuilles. C'était une gamine d'une dizaine d'années. Elle m'adressa un grand sourire, les yeux pétillant d'excitation.

– Vous avez vu ça ! s'exclama-t-elle. Il a de sacrées dents, hein ? Quelle chance de pouvoir observer un VRAI tigre de si près !

Je la dévisageai, décontenancé par son enthousiasme. Je ne me voyais pas engager une conversation dans cette position, à califourchon au-dessus du vide, tandis qu'un fauve prévoyait de me croquer à l'heure de la pause-café…

– Écoute, ça te dérange si on discute plus tard ? J'aimerais autant ne pas finir en pâtée pour tigre… Alors si tu veux bien me filer un coup de main…

– Ah oui, bien sûr ! Venez chez moi, si vous voulez ! proposa la fillette en écartant les branches.

Elle se tenait sur un petit balcon en fer forgé, à quelques mètres à peine. J'entrepris de ramper maladroitement jusqu'à elle, sursautant à chaque protestation du tigre, qui sentait bien que j'allais lui échapper.

– Vous y êtes presque, m'encouragea-t-elle en se penchant vers moi.

J'attrapai son bras tendu et sautai sur le balcon. Le cœur battant la chamade, je pris quelques secondes pour récupérer, tandis qu'elle m'observait, un sourire au coin de l'œil.

– Alors, comme ça, vous avez changé d'avis… Vous l'avez fait, hein ?

– Fait quoi ? répétai-je, en m'efforçant de calmer ma respiration.

– Mon rêve… Vous avez décidé de le réaliser, c'est ça ?

– Quoi ? dis-je en me redressant, sans comprendre.

Elle me fixait, visiblement au comble du bonheur.

– Bah oui, reprit-elle. Tout y est : la jungle, les tigres, les singes… Vous avez réalisé mon rêve !

3

Réaliser son rêve ? Je n'étais pas certain de saisir ce que cette gamine me racontait, mais je sentis une vague d'angoisse monter en moi.

– Qu'est-ce que tu veux dire ?

– Vous ne vous souvenez pas de moi ? s'étonna-t-elle. Vous êtes bien Hector Boulay ?

Je me contentai de hocher la tête.

– Moi, c'est Joséphine ! reprit-elle. Joséphine Bermudes, ça ne vous dit rien ?

– Joséphine…

– Enfin… je préfère qu'on m'appelle Jo, déclara-t-elle avec un sourire lumineux.

Tandis que je la dévisageai, un lointain souvenir commença à refaire surface. Joséphine Bermudes… J'avais peut-être effectivement déjà croisé cette petite sauvageonne dans mon bureau, avec sa mère. Si je ne me trompais pas, elles avaient dû venir me voir au Département des Pieds sur Terre il y avait bien un mois de cela.

– Elle rêve de devenir exploratrice ! s'était exclamée la mère, visiblement à cran. Exploratrice, c'est pas un métier… Et en plus, c'est dangereux…

Le scénario classique : des gamins qui inventent n'importe quoi, qui rêvent de marcher sur la Lune ou d'adopter un dinosaure, et des pauvres parents qui sont complètement dépassés… À vrai dire, je me souvenais surtout de la mère, que j'avais trouvée fort jolie tandis qu'elle me racontait d'une voix tremblante ses échecs successifs pour remettre sa fille dans le droit chemin.

– Vous comprenez, je ne cherche pas à lui interdire de rêver, s'était-elle défendue. Mais Joséphine n'écoute rien à l'école ! C'est quand même grave, non ?

Je hochai la tête pour l'encourager à continuer.

– Elle passe son temps à s'inventer des histoires. Et ça mène où, les histoires, de nos jours ?

– Vous avez bien fait de venir, avais-je répondu. À notre époque, c'est fondamental d'avoir les pieds sur terre.

Se sentant en confiance, la mère m'avait tout raconté : le déguisement d'aventurière que sa fille portait jusqu'aux dîners familiaux, la chambre transformée en forêt vierge, le lit aménagé en cabane…

– Je crois que j'ai la jungle en horreur, avait-elle conclu, les larmes aux yeux.

J'avais donc ouvert un dossier au nom de la fillette. Celle-ci était vautrée sur sa chaise et mettait toute son énergie à ne pas répondre à mes questions, tandis que sa mère la houspillait pour qu'elle m'en dise un peu plus. J'avais essayé tant bien que mal de raisonner la petite rebelle :

– Enfin, Joséphine, ta maman n'a pas tort, c'est normal qu'elle s'inquiète… Est-ce que tu as envie de grandir en passant ton temps à rêvasser ? Tu trouves ça poli, les gens qui sont perdus dans leurs pensées alors qu'on essaie d'avoir une conversation utile avec eux ?

Mais Joséphine restait les bras croisés et la mine boudeuse. Je désespérai d'en tirer quoique ce soit ! La mère trépignait, moi-même je regardai l'heure avancer, songeant que si je perdais autant de temps sur chaque dossier, j'allais passer la nuit au bureau. Mais finalement, Joséphine avait fini par cracher ses rêves invraisemblables. J'avais tout noté soigneusement, et, impatient de la voir sortir de mon bureau, j'avais brandi une sorte de récompense que nous offrions aux enfants qui passaient nous voir : un bon pour la réalisation d'un Petit Bonheur.

– Joséphine, pour te remercier de déposer ton rêve aux archives, je t'offre en échange un Petit Bonheur ! Alors, que souhaites-tu ? demandai-je en attrapant un stylo pour cocher une des cases du formulaire. Mousse au chocolat mardi prochain à la cantine ? Ou peut-être, exceptionnellement, une heure supplémentaire de jeu vidéo un jour où tu n'auras pas classe ?

La mère hocha la tête avec un sourire entendu.

– À moins que tu aies très envie d'avoir une bonne note à ton contrôle de maths ? Si tu as bien travaillé, ça doit être possible…

– Mettez ce que vous voulez, siffla la fillette. Ça m'est complètement égal ! Moi, je veux être exploratrice…

– Voilà les enfants d'aujourd'hui ! s'exclama la mère. On leur offre quelque chose, ils ne sont jamais satisfaits ! Je ne sais pas ce que j'ai fait pour mériter ça…

J'avais rapidement coché « Mousse au chocolat », et je les avais raccompagnées en leur souhaitant à toutes les deux des jours paisibles.

La question était à présent : qu'avais-je donc fait du dossier « Joséphine Bermudes » ? Parce que selon toutes probabilités, il n'avait pas terminé aux archives… Étant donné la catastrophe qui nous entourait, j'étais bien obligé de me rendre à l'évidence : il ne semblait pas impossible que le rêve de Joséphine ait pu être réalisé. Mais qui au Ministère aurait eu l'idée de prendre une décision aussi absurde ? Envoyer tout le monde en pleine jungle, franchement ! Tout cela n'avait aucun sens ! Je jetai un coup d'œil par-dessus la balustrade du balcon. La vision de ce vert infini et intense me donnait des palpitations. À moins que ce ne fût la chaleur moite qui nous enveloppait ?

– Je crois que j'ai besoin de m'asseoir un peu…, bafouillai-je soudain.

Joséphine m'invita à entrer. Je la suivis dans la pièce, qui avait tout d'un salon normal, sans plantes exotiques ni bêtes sauvages, et je me laissai tomber sur un fauteuil. Non, aucune personne sensée au Ministère n'aurait volontairement accepté de mettre en place un tel rêve. Mais un grain de sable avait tout de même dû gripper notre mécanique pourtant bien rodée. Car le visage radieux de cette fillette ne me laissait aucun doute : ses rêves les plus fous étaient bien en train de se réaliser !

– Ça fait bizarre, d'être poursuivi par un tigre, hein ? reprit Joséphine en me tendant un verre d'eau.

– Ce n'est pas ce qui m'inquiète le plus, figure-toi. Dis-moi… À part la jungle et le tigre, tu peux me rappeler ce qui se passe d'autre dans tes rêves ?

Elle haussa les épaules.

– Oh, des tas de trucs ! Des fois, je me promène sur le dos d'un éléphant, ou je me raconte que je découvre un temple perdu dans la jungle, ou alors je suis cheffe d'une armée de singes, et je peux sauter d'une branche à l'autre, comme ça, regardez…

Et elle se mit à bondir en poussant des cris perçants. Effectivement, un vrai babouin ! Je n'avais moi-même jamais eu d'enfant, et pour une bonne raison : je les supportais mal en général. La plupart d'entre eux ont une capacité prodigieuse à ne pas tenir en place, et à faire ce qu'ils veulent au moment où ils le décident. Un enfant, ça mange salement, ça prend de la place, ça dérange, ça crie, ça hurle, ça casse les oreilles… Et celle-là ne faisait pas exception !

– Arrête de faire le singe, veux-tu ? dis-je en l'attrapant par le bras et en la forçant à s'asseoir devant moi. Tu vois bien ce qui se passe dehors, non ? Ça te fait marrer, des tigres en pleine rue ?

Jo écarquilla les yeux et je m'en voulus d'avoir haussé le ton.

– Ce qui se passe, là, c'est très grave, repris-je. Peut-être que tu trouves ça drôle, mais il faut arrêter ça.

– Vous voulez dire… Arrêter mon rêve ? s'écria-t-elle, en s'étranglant presque. Mais pourquoi ?

– Parce que c'est une erreur ! Ça ne correspond pas à la réalité, c'est tout !

– S'il vous plaît ! m'implora-t-elle. Ne faites pas ça ! Je veux être exploratrice dans la jungle, quand je serai grande !

Un profond soupir m'échappa. Il fallait que je pèse mes mots pour qu'elle comprenne pourquoi il était hors de question de poursuivre cette aventure délirante.

– Ah, ma petite, lui expliquai-je d'une voix douce. Je me doute bien que ça te fait de la peine qu'on efface tout ça... Mais être grand, ce n'est pas faire ce qu'on veut quand on veut ! C'est suivre une voie droite, raisonnable... C'est préférer la raison au chaos ! Affronter la réalité dans toute sa beauté et... sa dureté, aussi c'est vrai, parfois... Devenir adulte, c'est faire face chaque jour à... Dis ! Tu m'écoutes ?

Jo avait les yeux dans le vague. Mes paroles n'avaient pas l'air de la toucher. Je cherchai des mots plus simples.

– Donc... Devenir adulte, c'est... par exemple, euh... manger des légumes plutôt que se gaver de bonbons, se coucher tôt pour être en forme le lendemain, relire ses leçons au lieu de rêvasser bêtement, ranger sa chambre avant de se coucher...

Elle me considéra avec une moue boudeuse.

– Eh ben, ça donne pas envie, marmonna-t-elle. Je préfère rester dans ma jungle !

Je voyais bien que j'étais dans une impasse. Ça ne servait à rien de discuter avec Jo. Elle était butée.

– Bon, écoute, dis-je en me levant. Merci de m'avoir sauvé des griffes du tigre… Je vais y aller, et toi, tu vas attendre tranquillement le retour de tes parents…

– Non, répondit-elle avec un air décidé, en me barrant le passage.

– Laisse-moi partir, s'il te plaît…

– Alors, je vous accompagne !

– Ça, c'est hors de question ! Là où je vais, le public est interdit… et étant donné le cirque dehors, on peut considérer que tu as déjà fait assez de bêtises comme ça… Pousse-toi, maintenant…

Mais elle ne bougeait pas.

– C'est MON rêve, protesta-t-elle. Si vous décidez de l'arrêter, j'ai au moins le droit d'être là…

– Ah, je vois… Tu es une petite rebelle ? dis-je en croisant les bras. L'autorité, ça ne te parle pas vraiment, hein ?

– De toute façon, la porte de mon immeuble donne juste devant la grille principale du Ministère… Vous allez vous retrouver face au tigre.

Elle n'avait pas tort. Je n'avais pas réfléchi à ça.

– Si vous m'emmenez avec vous, je vous montre comment l'éviter…

– Parce que tu as une solution ?

– On peut passer par les toits et contourner le bâtiment !

Et avant que je ne puisse répliquer, l'effrontée sortit en courant de son appartement et s'élança dans la cage d'escalier, grimpant les marches quatre à quatre. Je pensais avoir eu ma dose d'escalade pour les dix ans à venir, mais je la suivis malgré tout. Bien convaincu qu'on ne prenait pas le chemin le plus simple pour accéder au Ministère.

4

Sur le palier du dernier étage, Jo me désigna une lucarne dans le plafond. On apercevait le ciel, et quelques nuages qui passaient lentement. Je laissai échapper un soupir. D'une certaine manière, c'était une vision rassurante. Comme un écran de télévision qui nous montrait une réalité normale, une fenêtre sur un bout de monde qui n'avait pas cédé au chaos.

– Et maintenant ? demandai-je.

– On grimpe ! rétorqua-t-elle en me désignant une échelle posée contre le mur.

– Mais c'est interdit de faire ça, objectai-je.

Elle me lança un sourire plein de malice.

– Je viens toujours là quand j'ai fini de goûter.

– Bien, dis-je, résigné, en attrapant l'échelle. Alors on grimpe…

Jo passa la première et escalada prestement les barreaux. Elle souleva la lucarne et marqua un temps d'arrêt.

– Alors, quoi ! m'exclamai-je. Ça passe ou pas ?

– Euh… oui, répondit-elle en se hissant sur le toit et en disparaissant.

J'attendis un instant, planté là au bas de l'échelle, ne sachant pas trop si je devais m'engager à mon tour.

– Ohé ! appelai-je.

Elle passa la tête par la fenêtre.

– C'est bon, Hector ! À vous, maintenant !

Je grimpai avec précaution, espérant que l'échelle était bien calée et que je n'allais pas valser en arrivant en haut. Jo me tendit une main pour m'aider à la rejoindre. Je me glissai maladroitement sur le ventre, tétanisé à l'idée de dévaler le toit. Tremblant, je tentai de reprendre mes esprits avant d'oser regarder autour de moi. J'étais sujet au vertige et me retrouver sur au sommet d'un immeuble ne m'enchantait guère. Je parvins à m'asseoir et soufflai un bon coup.

– Aaah ! fis-je en relevant la tête.

– Ne vous inquiétez pas, dit la gamine en posant sa main sur mon épaule. Ils n'ont pas l'air méchants…

Autour de nous, des dizaines de petits macaques nous fixaient, surpris de nous voir débarquer ainsi.

– Mais s'ils nous attaquent ? bredouillai-je.

– Il n'y a pas de raison qu'ils nous attaquent !

Je lui lançai un regard noir. Non, il n'y avait pas de raison que ces animaux nous attaquent. Mais pas plus qu'il n'y avait de raison qu'on se retrouve entourés de singes. Parce qu'il n'y avait plus de raison dans ce monde. Désespéré, je balayai les environs du regard. La ville était noyée dans la jungle, et j'étais là, coincé sur le toit d'un immeuble avec une gamine que cette catastrophe rendait folle de joie. Comment pouvais-je me sortir de ce cauchemar ? Une escadrille d'oiseaux multicolores passa fièrement au-dessus de nos têtes, interrompant le cours de mes pensées sinistres.

– C'est beau, hein ? murmura Jo.

J'avais du mal à me détendre, mais c'était vrai. Vue d'ici, la ville était belle, malgré tout. J'observai le paysage, tentant de me repérer, cherchant des yeux le quartier où j'habitais, identifiant la grande avenue qui menait au Ministère et les petites rues qui disparaissaient sous des amas de verdure. Devant moi, sur la façade, je reconnus la fenêtre de mon bureau, encadrée par une végétation luxuriante. C'était la première fois que je voyais mon univers sous une autre perspective. Et ce n'était pas désagréable…

– Oui… C'est pas mal, concédai-je. Enfin, c'est la jungle, quoi…

Mais je n'étais pas si blasé que ça. Autour de nous, les macaques ne nous avaient pas identifiés comme une menace, et ils avaient repris leurs occupations. Ils n'arrêtaient pas de sauter, de bondir, de crier, de se chamailler, et cette agitation incessante avait quelque chose de captivant…

– Vous aimez bien votre travail ? demanda Jo en s'asseyant près de moi.

– Ça dépend des jours, répondis-je distraitement.

– Mais ça doit faire bizarre d'être enfermé dans un bureau, non ? observa-t-elle.

– C'est un peu comme à l'école, mais sans les récrés…

Jo enfonça son menton dans ses bras croisés. Un voile sombre sembla passer sur son visage.

– Tu n'aimes pas tellement l'école, c'est ça ?

– Pas trop, marmonna-t-elle. Je m'ennuie souvent.

– Ta mère dit que tu n'écoutes pas beaucoup…

La gamine haussa les épaules, en fixant un point à l'horizon.

– Tu sais, Jo, pour devenir exploratrice, il faut d'abord que tu apprennes des tas de choses. La géographie, par exemple… et les sciences…C'est important, non ?

Elle resta silencieuse. Je voyais bien qu'elle n'avait pas très envie de discuter de ça.

– De toute façon, tu ne vas pas quitter l'école à dix ans pour aller vivre ta vie au bout du monde ! Tu as encore besoin de tes parents… Tu ne pourrais pas te débrouiller toute seule. Qu'en penses-tu ?

Pas de réponse. Jo regardait obstinément devant elle et faisait mine de ne pas m'entendre.

– Écoute, après tout… peu importe ton avis. À ton âge, on n'a pas le choix, conclus-je en me relevant. Alors, en route ! On va régler tout ça !

Jo leva soudain des yeux révoltés vers moi.

– Une fois archivés, les rêves disparaissent, c'est ça ? Vous vous assurez que les enfants apprennent sagement leurs leçons au lieu de se raconter des histoires, hein ?

– Mais non, ce n'est pas tout à fait ça, me défendis-je.

– C'est horrible, ce que vous faites, je n'aimerais pas être à votre place ! siffla-t-elle.

J'étais sidéré par une telle insolence, et j'étais sur le point de dire ses quatre vérités à cette petite péronnelle, dont l'imagination débridée nous avait tous plongés dans un sacré pétrin. Ah franchement, elle n'avait pas de quoi être fière ! Pourtant, je restai là, figé. Incapable de lui clouer le bec comme elle l'aurait mérité. Quelque chose chez Jo me fascinait malgré moi, et suscitait presque mon admiration. Je n'avais jamais eu ce tempérament audacieux, je n'avais jamais rien contesté au cours de ma vie, mais d'une certaine manière… je lui enviais son indignation.

– Les rêves archivés ne disparaissent pas, la rassurai-je. On les met juste de côté, pour te permettre de vivre tranquillement. C'est comme quand tu ranges tes affaires : ça t'aide à les retrouver plus facilement quand tu en as besoin. Mais si tu les laisses traîner au milieu de ta chambre, tu risques de te prendre les pieds dedans… Et la chute est souvent très dure !

Jo me dévisagea un instant. Je me doutais bien que ce genre de remarques n'était pas ce qu'elle avait envie d'entendre, et moi-même, en prononçant ces paroles, je n'étais plus sûr d'y croire tout à fait. Après tout, ma vie rangée m'avait-elle rendu heureux ? Ce matin encore, n'avais-je pas rechigné à partir classer la montagne de dossiers qui m'attendait, comme je l'avais fait sans faillir depuis tant d'années, et comme je le ferai sans doute pour les trente ans à venir ?

– Dites-moi la vérité, Hector ! reprit-elle, méfiante. Vous ne détruisez jamais aucun rêve ?

– Si, parfois. Quand ils sont dangereux ou qu'ils proviennent de personnes très méchantes, il peut arriver qu'on préfère se débarrasser de certains rêves. Mais ça ne s'applique jamais aux enfants…

Jo se replongea dans ses pensées. Je n'étais pas sûr de l'avoir convaincue.

– Crois-moi, Jo, si tu tiens vraiment à devenir exploratrice, tu ne perdras pas ton rêve, même si on l'archive… Le jour où tu voudras le récupérer, tu viendras me trouver, et je serai ravi de ressortir ton dossier ! Mais pour l'instant, tu vois bien qu'on ne peut pas rester dans cette situation…

– Vous me jurez qu'il ne sera pas détruit ?

– Je te le jure, déclarai-je solennellement en lui tendant la main.

Jo se releva, et après un moment d'hésitation elle me serra la main, plantant son regard dans le mien. Je me sentis un peu impressionné et je détournai rapidement les yeux. Quelque chose me disait que les rêves de Joséphine Bermudes allaient me donner du fil à retordre…

5

– Bon, c'est pas tout ça, mais on a une mission à remplir, dis-je en m'approchant du bord du toit.

De notre perchoir, on n'entendait plus les feulements du félin, mais il y avait fort à parier qu'il rôdait toujours. Le bâtiment du Ministère n'était qu'à une vingtaine de mètres, de l'autre côté de la rue. En passant d'un toit à l'autre, on pouvait effectivement le contourner.
Il suffisait d'imiter les lointains cousins qui jacassaient juste derrière nous.

– Allez, on y va, décidai-je.

Jo s'élança devant moi avec une agilité déconcertante.

– Hé, oh ! Ne cours pas comme ça… Attends-moi !

Mais elle bondissait comme un cabri. Prenant garde à ne pas glisser, et surveillant les macaques du coin de l'œil, j'avais du mal à tenir son rythme. J'étais crispé à l'idée d'être aussi haut, et je luttais contre les bouffées de vertige qui me rappelaient régulièrement les lois de la pesanteur. Mais je me laissai peu à peu envahir par une sensation inattendue : si près du ciel, j'étais libre. Libre comme jamais. Pour la première fois depuis très longtemps, je respirais à pleins poumons. C'était enivrant et j'en oubliai un instant la catastrophe qui se jouait partout autour de nous.

Quand je rejoignis enfin Jo, elle avait déjà fait le tour du pâté de maison, et était appuyée contre la balustrade d'un immeuble qui donnait sur l'arrière du Ministère.

– On n'a pas le choix, m'informa-t-elle. Il faut passer par là…

Elle pointait les frondaisons des arbres, qui se rejoignaient presque au-dessus de la rue, et que d'épaisses lianes reliaient les unes aux autres. Je restai là un instant, déconcerté, me demandant si elle ne se payait pas un peu ma tête. Mais quand je me retournai vers elle, je m'aperçus qu'elle avait déjà escaladé le parapet pour descendre avec précaution sur une branche.

– Ne regardez surtout pas en bas ! me conseilla-t-elle en se concentrant sur ses mouvements.

Et allez ! Un nouveau numéro d'équilibriste… décidément, c'était bien ma veine ! Je me laissai glisser à mon tour sur la branche. Jo avait poursuivi son chemin et était déjà passée sur un autre arbre, dont le tronc noueux atterrissait dans l'arrière-cour du Ministère.

– J'arrive ! grommelai-je en réalisant que je venais de déchirer le tissu de mon costume sur l'écorce.

Le temps que je me désole sur ces dégâts irrécupérables, mon infatigable camarade était descendue de l'arbre et commençait à explorer les environs.

– Jo, attends ! Tu n'es pas censée te promener n'importe où… ce sont des installations protégées !

Mais évidemment, elle n'en faisait qu'à sa tête. Et il était préférable de ne pas hausser le ton si je ne voulais pas attirer le tigre de ce côté du bâtiment... Je me hâtai donc de la rejoindre, faisant mon possible pour ne pas basculer dans le vide en m'agrippant aux lianes qui s'entrecroisaient partout autour.

– Bon, tu peux te calmer et rester en place deux secondes ? m'agaçai-je en me réceptionnant lourdement sur le bitume de la cour.

– Le plus dur est fait ! rétorqua Joséphine.

Je levai les yeux vers l'austère façade du Ministère.

– Alors là, rien n'est moins sûr, murmurai-je.

J'étais un peu sonné par la vitesse à laquelle nous avions effectué cette traversée. Mon costume était fichu, et mes genoux me le feraient sûrement payer pendant quelques jours, mais au moins nous avions réussi à éviter le tigre. La cour était déserte. Aucune trace de vie humaine, à part les containers des poubelles recouverts d'une mousse épaisse et humide. La végétation s'était aussi installée ici, recouvrant la façade et le sol. Le soleil filtrait à peine à travers la densité du feuillage, mais la chaleur moite qui régnait était étouffante et je transpirais à grosses gouttes. Un léger bourdonnement attira mon attention. Au fond de la cour, au-dessus de petites mares d'eau stagnante, des nuages de moustiques changeaient de forme à une vitesse folle.

– Bon, et c'est quoi, maintenant, la suite de la mission ? s'enquit Jo au moment où je me demandais si une centaine de piqûres de moustiques était préférable à une seule morsure de tigre.

– Maintenant, il faut qu'on entre…

Je m'approchai de la porte pour l'inspecter : elle ne semblait pas endommagée. J'introduisis ma carte d'accès dans le lecteur et attendis quelques secondes avec angoisse. Le bruit métallique du mécanisme d'ouverture se fit enfin entendre. Ouf, c'était déjà ça de gagné !

– Bon bah on y va ? dit Jo en poussant la porte.

– Attends ! On ne sait pas ce qu'on va trouver à l'intérieur ! Laisse-moi passer le premier ! répondis-je en l'écartant du bras.

J'entrai dans le bâtiment et me retrouvai dans les cuisines. Manifestement, elles n'avaient pas servi depuis longtemps. C'était un chantier phénoménal ! Le sol était jonché de détritus : restes de nourriture, assiettes cassées, verres éclatés… Une sorte de mousse verdâtre avait commencé à recouvrir les meubles, assombrissant la pièce de manière sinistre. On aurait dit qu'un ouragan s'était abattu sur la cantine du Ministère. Un raid de singes malappris était sans doute à l'origine de ce désastre. Je laissai mon regard errer sur les ruines et m'attardai un instant sur un coin du plan de travail, faiblement éclairé par la lumière d'une fenêtre crasseuse. De gros insectes peu ragoûtants finissaient de se partager quelques miettes.

– On est devenus de vrais explorateurs, souffla Jo. C'est génial ! Peut-être qu'on va même trouver un trésor, ou une momie…

Je frissonnai en songeant à mes collègues. J'espérais qu'il ne leur était rien arrivé, qu'ils avaient tous pu rentrer sain et sauf chez eux…

– Ça n'a vraiment rien de génial ! marmonnai-je, consterné.

J'avais espéré un temps retrouver quelques visages connus. Mais la « réalité » me frappa de plein fouet : dans le rêve de Jo, le Ministère n'avait aucune utilité. Nous n'existions même pas ! Les installations étaient toujours là, mais les employés avaient disparu. Une autre réalité avait été mise en place. Jo s'y retrouvait, puisque c'était son rêve et qu'elle en était d'une certaine manière l'auteure. Mais moi… Pourquoi n'avais-je pas basculé avec tous les autres ? Qu'est-ce que je faisais là, en costume, conscient que cette réalité ne correspondait plus à celle que nous connaissions la veille encore ?

– Tiens, murmura Jo. Une mygale…

– Hmmm, répondis-je, perdu dans mes pensées.

Je ne comprenais pas bien ce qui avait pu se passer. Et pour être honnête, je ne savais pas trop ce que je devais faire à présent. La réalisation des rêves, ce n'était pas mon domaine. Moi, j'avais toujours été cantonné à l'enregistrement et aux archives. Alors, je ne voyais pas bien comment intervenir d'urgence sur un incident. J'avais un peu compté sur le fait que des techniciens ou des agents spécialisés seraient encore dans les locaux pour prendre les choses en mains…

– Elle vous a adoptée ! s'exclama Jo. C'est fou, elle grimpe sur vous comme si elle vous connaissait !

– De quoi ?

Je baissai les yeux vers ce qu'elle me montrait.

– Aaaaah !

Une gigantesque araignée velue commençait à escalader le bas de mon pantalon. Horrifié, je me mis à sauter dans tous les sens, envoyant balader le monstre d'un coup de pied énergique.

– Calmez-vous ! me cria Jo.

Mais c'était impossible ! J'avais l'impression de sentir des dizaines de mygales s'accrocher à moi. Elles étaient peut-être dans mes cheveux, sous ma chemise, remontant perfidement le long de mon mollet ou déjà installées sur ma cuisse…

Je m'enfuis à toute vitesse, écrasant les bris de vaisselle au sol, dérapant sur les déchets. Je traversai le réfectoire en poussant des cris, Jo sur mes talons. J'enfilai un dédale de couloirs déserts et plongés dans la pénombre, écartant les lianes qui se trouvaient sur mon chemin. Je courais comme un dératé, comme s'il y avait le moindre risque que l'araignée puisse me rattraper et me plaquer au sol… Je finis par m'arrêter devant une lourde porte et me laissai glisser à terre. Hors d'haleine, je tentai de reprendre mes esprits.

Jo me rejoignit quelques instants plus tard.

– Ça va ? s'inquiéta-t-elle en me découvrant affalé sur le carrelage.

Je me contentai d'un hochement de tête et elle éclata de rire devant ma mine déconfite.

– Je ne vois pas ce qu'il y a de drôle ! bredouillai-je, vexé.

– Tout ça pour une araignée ?

– C'était une MYGALE ! Tu sais que ces bestioles sont mortelles ?

– Il suffit de ne pas les agresser, rétorqua-t-elle avec assurance.

– Parce que tu t'y connais, toi, en araignées ? Tu as vu comment elle me regardait ?

Jo ne répondit pas et ouvrit la porte. Elle jeta un coup d'œil rapide de l'autre côté et s'avança.

– Hé, minute, papillon ! m'exclamai-je en me relevant. On ne sait pas ce qu'on peut trouver par là…

6

La pièce était plongée dans une profonde obscurité qui lui donnait des allures de grotte.

– On est où, ici ? demanda Jo.

– Je pense que ça doit être le hall d'accueil, mais je ne suis pas sûr. Je passe rarement par les cuisines quand je viens travailler…

– C'est drôle… ça résonne !

– C'est parce que c'est très grand.

– Ohéééé ! appela Jo.

– Tu es folle, qu'est-ce que tu fais ? m'exclamai-je en l'attrapant par le bras.

– Bah quoi ? Y'a personne, de toute façon !

– Qu'est-ce que tu en sais ? chuchotai-je. Tiens, écoute… C'est quoi, ça ?

Une sorte de froufroutement semblait provenir du plafond. Comme un bruissement indéfinissable, entrecoupé de claquements secs, juste au-dessus de nos têtes…

– C'est peut-être un courant d'air ? suggéra Jo.

– Dans une pièce fermée ? bougonnai-je. Alors ça, ça m'étonnerait. Viens avec moi, on va essayer de trouver la lumière.

Tout en tenant la main de Jo, j'avançai à tâtons, espérant traverser le hall sans faire de mauvaises rencontres.

– Ça continue à s'agiter là-haut, souffla Jo.

– Chut !

J'avais un mauvais pressentiment. Ce hall semblait habité, et j'aimais autant ne pas m'attarder là, dans le noir, à la merci d'un prédateur inconnu. Je préférais affronter ce qui s'y trouvait en pleine lumière. Je finis par me heurter au bureau d'accueil, d'ordinaire occupé par des hôtesses à l'affût du visiteur à renseigner. Je passais une main hésitante sur la surface. Une couche de mousse indiquait que personne n'était passé ici depuis longtemps. Les interrupteurs permettant d'éclairer le hall devaient se trouver derrière le comptoir. Je farfouillai quelques instants et sentis enfin un bouton électrique sous mon doigt. J'appuyai. Il ne se passa d'abord rien. Et puis soudain, ce fut comme si les lustres venaient à la vie en clignotant de manière irrégulière. Au moment où la lumière jaillit enfin, aveuglante, une nuée de chauves-souris se mit à tournoyer autour de nous en piaillant…

– Au secours ! hurla Jo en se jetant derrière le comptoir. Vite ! Éteignez !

Je m'exécutai sur-le-champ et m'aplatis au sol, m'efforçant de ne pas penser à ces affreuses histoires de chauve-souris s'emmêlant dans les cheveux. Des claquements d'ailes résonnaient au-dessus de nous, et je me protégeai la tête de mes mains. Je restai ainsi, prostré, attendant que le calme revienne.

– Jo ? risquai-je enfin. Où es-tu ?

Elle ne répondit pas. J'espérai qu'elle ne s'était pas blessée dans la panique.

– Jo ! insistai-je un peu plus fort. Tu t'es fait mal ?

– Non, chuchota la gamine d'une voix faible. Ça va…

Guidé par le son de sa voix, je la retrouvai, cachée sous le bureau de l'hôtesse d'accueil. Elle tremblait comme une feuille.

– Je déteste les chauves-souris, gémit-elle. À cause des vampires…

– Ah, tu vois ! dis-je, bien content qu'elle perde un peu de sa superbe. Il n'y a pas que des bonnes choses dans tes rêves !

– Là, ça ressemble plutôt à un cauchemar…

Je posai une main hésitante sur son épaule. Elle sursauta.

– On dit qu'elles sucent le sang des humains, bredouilla-t-elle.

– Mais non, ce sont des légendes. Je crois que les chauves-souris sont inoffensives, en réalité…

– Hector, elles me font vraiment peur !

– Ne t'inquiète pas, je suis là, murmurai-je. Ça va aller…

Je restai accroupi un moment, à l'affût du moindre bruit. Le silence était retombé dans le hall. Je n'entendais plus que la respiration un peu saccadée de ma jeune équipière.

– On ne peut pas rester ici, repris-je. On va devoir traverser le hall…

– C'est obligé ?

– Il faut bien trouver une solution pour stopper ton rêve, et ce n'est pas sous ce comptoir qu'on va avancer…

Jo prit quelques secondes pour digérer cette information.

– Bon, mais… vous savez où on doit aller au moins ? demanda-t-elle enfin.

Je réfléchis un moment. Maintenant que nous étions entrés dans le Ministère, tout restait à faire… Que le rêve de Jo soit en cours de réalisation ne faisait pas l'ombre d'un doute, même si j'avais encore du mal à y croire. Monter dans mon bureau ou farfouiller aux archives n'avaient donc aucune utilité.

– Je pense qu'il faudrait aller directement en salle de Réalisation des Rêves, suggérai-je, autant pour Jo que pour moi-même.

– Bien, acquiesça la gamine. C'est par où ?

– C'est au sous-sol, mais je n'y ai pas accès. Il n'y a que des techniciens spécialisés qui peuvent y entrer…

– Et comment vous faites d'habitude ?

– Je frappe à la porte et je leur confie le dossier, en principe… Mais là, il n'y aura personne, le bâtiment est complètement désert.

– Et si on défonçait la porte ? proposa Jo. Avec une chaise ? Ou un gros meuble ?

– Tout est blindé en bas, qu'est-ce que tu crois ! soupirai-je. Et puis… je ne tiens pas à causer encore plus de dégâts, je pense que c'est déjà pas mal comme ça, non ?

Jo ignora ma remarque.

– Il n'y a pas un double des clés quelque part ? demanda-t-elle.

– Dans le bureau du Ministre, j'imagine… Mais bon, on ne rentre pas chez le Ministre comme dans un moulin… Il y a un protocole, tout de même !

– Enfin, Hector, chuchota-t-elle en baissant encore un peu plus la voix. Personne ne le saura…

– C'est quand même inconvenant, et je risque gros si on se fait prendre…

– Mais moins que si on ne fait rien, rétorqua Jo.

Elle n'avait pas tort. Ce n'était sans doute pas le moment de s'embarrasser de ce genre de détails. Pas avec des singes en pleine rue, et un tigre sur le perron…

– Alors, c'est par où ? insista Jo.

– Il faut qu'on monte au neuvième étage… De l'autre côté du hall, il y a un escalier de service. On pourrait avancer dans le noir, pour ne pas déranger les chauves-souris ?

Jo ne répondit pas, et je sentis qu'elle hésitait.

– Tu n'as qu'à t'accrocher à ma veste et me suivre, proposai-je.

– D'accord, répondit-elle d'une toute petite voix.

Jo agrippée à ma poche de costume, je traversai le hall à quatre pattes, en faisant le moins de bruit possible et en ignorant tout ce qui grouillait sous mes mains. Je n'aimais pas l'idée de ces centaines de chauves-souris suspendues au-dessus de nous, mais je tremblais encore plus en imaginant ce qui pouvait se cacher devant moi, dans l'obscurité. Heureusement, nous atteignîmes la porte de l'escalier de service sans encombre.

– On va passer par là, c'est plus sûr que l'escalier d'honneur, déclarai-je en me redressant.

– Pourquoi plus sûr ?

– Parce que je ne vois pas comment des animaux pourraient ouvrir une porte tout seuls, rétorquai-je en agitant mes deux mains.

7

J'avais raison. En allumant la lumière, il nous parut clair que les lourdes portes coupe-feu avaient empêché les plus gros animaux de pénétrer dans la cage d'escalier. À part un tapis de mousse qui abritait sans doute quelques insectes, la voie était dégagée.

– Allez, on y va !

Notre ascension débuta sans incident. Mais sur le palier du troisième étage, on entendit des cris perçants derrière la porte. Jo s'approcha, curieuse.

– Ah non, tu ne touches pas à cette porte ! ordonnai-je. Je ne veux même pas savoir ce qu'il y a derrière !

La gamine haussa les épaules, et posa sa main sur la poignée.

– Tu as déjà oublié les chauves-souris ? insistai-je.

Ma remarque avait fait mouche. Jo recula, déçue, et me suivit sans broncher. Mais au cinquième, elle s'arrêta à nouveau.

– Hector, vous entendez ?

Un martèlement sourd provenait du couloir, comme des dizaines de… sabots ?

– Des zèbres ! s'exclama Jo, en se ruant sur la porte. On les entend même hennir ! Vous saviez qu'il y avait des zèbres dans la jungle, vous ?

– Je m'en fiche, lançai-je en me précipitant pour lui barrer le chemin. On ne s'arrête pas avant le neuvième étage, un point c'est tout !

– Mais, ça ne vous intéresse pas de voir des zèbres en vrai ? s'écria-t-elle en tapant rageusement du pied.

– Non ! rétorquai-je fermement. Et ce ne sont pas des zèbres en vrai, c'est un rêve ! On a eu suffisamment d'ennuis comme ça !

C'était la vérité : il m'était complètement égal d'observer un troupeau de zèbres se faufiler dans les couloirs de la comptabilité ! Je ne tenais pas à pousser toutes ces portes pour découvrir ce qui se cachait derrière, et peu importe si elles ouvraient vers des espaces inconnus, vers l'aventure, ou que sais-je encore ? Cette cage d'escalier lugubre me convenait parfaitement ! Elle était rationnelle, droite, d'une régularité parfaite, éclairée de néons rassurants et si on la suivait sagement, on était sûrs d'arriver à destination sans encombres ! J'empoignai Jo par l'épaule.

– Écoute-moi bien ! Il n'y a plus de chemins détournés, de passages par les toits, d'explorations sauvages, OK ? C'est terminé ! On monte récupérer les clés, on file arrêter ton rêve, et on reprend une vie normale, c'est compris ?

Surprise par mon emportement soudain, Jo hocha la tête.

– Bien ! dis-je, en réajustant mon costume. Alors, en avant !

Nous montâmes jusqu'au neuvième étage sans échanger un mot.

– Et pense à t'essuyer les pieds, indiquai-je en montrant un paillasson. C'est tout de même l'étage de la direction !

Derrière la porte, tout semblait calme. Bien entendu, là aussi, la végétation s'était invitée, et je soupirai en découvrant les traces de moisissure sur la moquette. Je m'avançai jusqu'au bout du couloir, où une majestueuse porte à doubles battants donnait sur le bureau du Ministre. Je n'étais venu là qu'une seule fois dans toute ma carrière. Impressionné, je toquai doucement.

– Y'a personne, de toutes les façons, remarqua Jo.

Certes. J'ouvris néanmoins la porte avec précaution. La pièce était silencieuse, bien rangée. Imposante. Comme on pouvait s'y attendre. Ou presque… Derrière le bureau luxueux, dans le fauteuil en cuir du Ministre, se tenait un énorme gorille. En nous entendant entrer, il souleva une paupière paresseuse. Visiblement, on le surprenait en pleine sieste.

– Excusez-nous, bredouillai-je. On vient juste emprunter un double des clés…

Le gorille me fixa d'un œil torve et se gratta une narine.

– Mais… bien sûr, on les rapporte dès qu'on a fini, ajoutai-je.

– C'est complètement débile de dire ça, me chuchota Jo.

Je lui fis signe de se taire. Le gorille nous toisa, bâilla, et se lova bien confortablement dans son gros fauteuil. Puis il referma les yeux et se rendormit. Je n'osais plus bouger.

– C'est où, les clés ? souffla Jo.

– Là, répondis-je en désignant un grand tableau recouvert de trousseaux.

Je les examinai en silence et m'arrêtai enfin sur une étiquette soigneusement écrite à la main : *Salle de Réalisation des Rêves*.

– Allez, dis-je en l'attrapant. On file !

Mais dans ma hâte, je fis tomber un trousseau qui atterrit sur le parquet dans un lourd cliquetis. Je retins ma respiration en pestant contre ma maladresse. Du fauteuil du directeur s'échappa alors un grognement, ponctué d'un long soupir. Toujours en apnée, je me retournai le plus silencieusement possible. Le fauteuil recula en grinçant. Le gorille s'en extirpa avec une agilité qui contrastait avec son gabarit et retomba pesamment sur le sol. Puis il s'avança vers la porte, l'ouvrit en grand en faisant jouer la poignée avec maladresse et se maintint là, tel un majordome en livrée grise et velue, attendant que nous quittions son antre. Sans demander notre reste, nous nous précipitâmes vers la sortie.

Au pas de charge, nous enfilâmes le couloir jusqu'à l'escalier de service sans oser jeter un regard derrière nous. Pourtant, lorsque je me retournai enfin, je constatai que le gorille avait refermé la porte et était sans doute retourné à ses dossiers…

– Alors ? demanda Jo. Comment vous le trouvez, votre nouveau patron ?

– Tu sais quoi ? Il ressemble un peu au précédent !

Jo gloussa.

– Vous dites ça à cause des poils ?

– Surtout à cause de la sieste ! répliquai-je en pouffant à mon tour.

Jo éclata de rire et malgré mes efforts je cédai aussi à ce déchaînement nerveux, communicatif et… libérateur ! Nous étions pliés en deux, pleurant presque, et durant cinq bonnes minutes, il nous fut impossible de nous arrêter.

– Ouh, ça fait du bien ! s'exclama Jo, en reprenant son souffle.

– Oui, c'est vrai, ça soulage, répondis-je.

Je laissai un court instant mon regard errer sur les couloirs déserts. Tout paraissait calme. On en aurait presque oublié les bêtes sauvages dans les étages inférieurs. Mais la réalité nous rattrapa soudain. Il nous fallait à présent gagner la salle de Réalisation des rêves qui se trouvait au sous-sol, et donc traverser à nouveau tout le Ministère… Finie la rigolade : le danger rôdait toujours, et à quelques mètres seulement ! Le chemin le plus sûr restait sans doute cet escalier de service.

– On y va ? proposai-je en poussant la porte.

Jo resta plantée là.

– Mais si on passait par l'escalier principal, remarqua-t-elle, on aurait la chance d'observer des tas d'animaux !

– Oui, et c'est d'ailleurs bien pour ça qu'on va éviter ! répliquai-je. On a déjà perdu assez de temps comme ça…

Pour être honnête, la rencontre avec ce gorille m'avait fasciné. Je n'avais jamais approché de bêtes sauvages d'aussi près, et l'espace d'un instant, j'eus presque envie de suivre Jo dans ses idées un peu folles. Mais au fond de moi, je savais bien que c'était impossible, et que même les rêves les plus extraordinaires ne doivent pas prendre le pas sur la réalité.

– Allez, insistai-je d'une voix moins ferme. Viens, s'il te plaît…

Jo me suivit sans rien ajouter, et nous descendîmes en silence jusqu'au deuxième sous-sol, où une porte barrée d'un écriteau « ACCÈS RÉSERVÉ AUX PERSONNELS AUTORISÉS » nous indiqua que nous avions atteint le cœur du Ministère des Rêves.

8

Sans perdre un instant, je sortis les clés de ma poche et déverrouillai la porte, qui s'ouvrit en silence. Pour la première fois de ma vie, j'allais pénétrer dans la salle de Réalisation des rêves, le lieu le plus secret du Ministère. Jusqu'à présent, je m'étais toujours contenté de rester à l'entrée, jetant des regards curieux par-dessus l'épaule du technicien à qui je transmettais les différents petits bonheurs à réaliser. Impressionné, je fis signe à Jo de me suivre. Le sanctuaire était visiblement intact, et les machines se trouvaient juste là, à portée de main.

La pièce était plongée dans une semi-pénombre, troublée régulièrement par des clignotements de diodes rouges et vertes. Comme on pouvait s'y attendre, il n'y avait pas âme qui vive… L'air frais et sec me saisit instantanément, contrastant avec la chaleur humide et malsaine de l'extérieur. Le doux ronronnement des ventilateurs de la climatisation faisait régner une atmosphère de paix. C'était vraiment l'endroit idéal pour venir piquer un petit roupillon à la pause déjeuner, bercé par les rêves des gens !

Sur une estrade, d'étranges alambics bouillonnaient. De grands tuyaux s'en échappaient, dessinant des circuits de différentes couleurs sur le mur.

– Ça doit être les infuseurs de rêve, indiquai-je à Jo.

– Des infuseurs ?

– Oui, on glisse d'abord les dossiers dans la grosse machine que tu vois au centre de la pièce, afin d'extraire un concentré d'essence de rêve. On le mélange ensuite à différents produits dans ces cuves géantes…

– Et c'est de là que vient la vapeur qui s'échappe des cheminées sur le toit ? dit Jo en écarquillant les yeux.

– Voilà, c'est exactement ça…

Au centre de la pièce, un gigantesque écran de contrôle affichait l'image en gros plan d'un troupeau d'éléphants majestueux. Leur pas pesant semblait figé pour l'éternité. Juste au-dessus, une inscription s'étalait en lettres capitales : « RÊVE JOSÉPHINE BERMUDES / AGENT HECTOR BOULAY – ERREUR ».

– Regarde, ton rêve est bloqué, dis-je en désignant l'écran.

– Comment ça, bloqué ? répondit Jo à voix basse.

– Le projecteur s'est arrêté sur cette scène, il a dû y avoir un problème… Et ce n'est pas plus mal, tu imagines les dégâts si un troupeau d'éléphants fondait sur la ville pour de vrai ?

– Hum ! fit Jo. On a eu de la chance !

– En quelque sorte, oui… Normalement, les rêves, on les diffuse à doses infimes, pour que ça ne se remarque pas. On n'est pas là pour chambouler la vie des gens, tu comprends ? Juste pour mettre un peu d'huile dans les rouages de temps à autre… Mais là, on a eu droit à la totale, tout le dossier y est passé !

Je me dirigeai vers la console de contrôle. Le voyant d'alerte était allumé. Sur le côté gisaient des feuilles éparpillées. Je les saisis et les parcourus en vitesse. C'était bien le dossier de Jo. Qui avait donc pu prendre l'initiative de le transmettre à la salle de Réalisation ? Certainement pas moi ! Sur la première page, mon nom était inscrit en toutes lettres, à côté de celui de Jo. C'était logique, puisque j'étais l'agent qui avait reçu la fillette et noté tout ce qu'elle avait raconté lors de l'entretien. Voilà qui expliquait sans doute pourquoi je m'étais retrouvé embarqué aux côtés de Jo dans cette aventure : en écrivant ses histoires délirantes, j'en étais devenu le coauteur, et j'avais basculé en même temps qu'elle dans ses rêves au moment où ils avaient été réalisés. La jungle était devenue la norme. Jo et moi étions désormais les seuls à être conscients de cette catastrophe. Et surtout les seuls à pouvoir l'arrêter ! Enfin, à condition de savoir comment s'y prendre avec toutes ces machines…

Un autre détail attira mon attention : au sol était tombée une pochette jaune, qui avait dû contenir le dossier. Je la ramassai et restai un moment interdit. Sur la couverture, juste à côté du tampon « À RÉALISER », s'étalait ma signature. J'étais donc celui qui avait demandé la réalisation de ce rêve ? Je me souvenais bien avoir descendu la veille cette pochette en salle de Réalisation. Mais ce n'était pas du tout censé être le dossier de Jo… C'était juste la liasse des bons de réalisation que j'avais proposés aux enfants défilant dans mon bureau : mousse au chocolat, bonne note en maths ou heure supplémentaire de jeux vidéo ! Une fois par semaine, je déposai ces uemandes de réalisation sans même passer par le Département des Petits Bonheurs ; pour ces formulaires standards, qui proposaient systématiquement la même chose, il était inutile d'encombrer la commission qui décidait des dossiers à réaliser, et je n'avais pas besoin de la validation de mes supérieurs.

Sauf que là, à force de ne pas effectuer le classement dans les temps, j'avais dû prendre un dossier pour un autre. Et trop impatient de quitter le bureau, je n'avais même pas pris la peine de vérifier ce que j'avais transmis au technicien, qui lui-même débordé, avait dû se contenter de programmer la réalisation du rêve pour la nuit suivante sans s'interroger sur son contenu… Je soupirai en songeant à mon quotidien. Ah ça, je n'avais pas la vie d'un aventurier ! Je respirais plus souvent la poussière que l'odeur du grand large… Mon horizon se résumait à des kilomètres de rayonnages de dossiers suspendus. Il m'arrivait parfois, lorsque l'ennui et la répétition des tâches devenaient insupportables, de prendre un dossier au hasard et de lire avec un œil avide les rêves des autres. Une manière sans doute de voyager hors des murs monotones du Ministère ?

Pourtant, cette fois-ci, ma négligence avait atteint des sommets. Un sentiment de culpabilité terrible m'envahit. J'étais très mal placé pour accuser Jo et ses rêves invraisemblables ! Parce que s'il y avait un responsable de ce désastre, c'était bien moi ! Et j'allais le payer très cher, une fois que tout serait rentré dans l'ordre. Je pouvais sans doute dire adieu à mon poste…

– Alors, déjà, on va éjecter ce rêve, dis-je, plus pour moi-même que pour Jo. Parce que tant qu'on alimente les infuseurs, le rêve continue de se propager…

Je m'approchai de la console de contrôle et étudiai un instant tous les boutons. Je n'avais aucune idée de ce qu'il fallait faire.

– C'est peut-être celui-ci ? suggéra Jo en me désignant un énorme champignon rouge.

– Celui-ci, ou un autre, soupirai-je. Comme on n'en sait rien, on peut essayer ?

Je posai ma main sur le bouton et me tournai vers Jo.

– Bon… On y va ?

Les épaules voûtées, la tête basse, elle me parut soudain plus vieille que son âge.

– Tu comprends bien qu'on n'a vraiment pas le choix, Joséphine… Réfléchis à ce qui pourrait se passer si on ne mettait pas un terme à tout ça… Qu'est-ce qu'on deviendrait, tous ? Tu te vois vivre en permanence avec la peur de finir dans l'estomac du premier prédateur qui tourne au coin de la rue ?

– C'était bien, quand même, d'être exploratrice…, soupira-t-elle.

– Écoute, tu sais… Je voulais te dire que… De toute façon, ce n'est pas au Ministère de réaliser tes rêves. Enfin, pas comme ça…

Jo regardait le bout de ses pieds.

– Nous, on est là pour aider sur des détails. Dans le fond, c'est à toi de réaliser tes rêves, tu ne crois pas ? Si tu veux vraiment devenir exploratrice, il faut que tu travailles dans ce sens… Mais ça ne peut pas être la solution de plonger tout le monde dans la jungle pour satisfaire tes envies d'aventure…

Je lui laissai quelques instants pour me répondre. Mais elle était trop désemparée pour ça, et je sentais confusément que si je tardais à agir, sa triste mine risquait d'entamer ma détermination.

– C'est normal que ce soit difficile de renoncer à tout ça. Comme c'est moi l'adulte, je vais prendre cette décision pour toi, déclarai-je solennellement.

Je pressai donc le bouton. Il ne se passa d'abord rien. J'appuyai une seconde fois, puis une troisième. Et puis de manière totalement frénétique.

– Saleté de machine ! grommelai-je. Tu vas l'éjecter, ce rêve ?

L'écran de contrôle se mit à clignoter.

– Ah bah tout de même ! m'exclamai-je en reculant de quelques pas, soulagé d'avoir réussi.

Nous restâmes là un petit moment, à attendre que l'ordinateur confirme l'arrêt de la procédure.

– Vous ne sentez pas des vibrations ? me demanda subitement Jo.

– Hum ?

Effectivement, un très léger tremblement semblait secouer les murs, ou le sol… Je n'étais pas sûr de bien identifier d'où cela pouvait provenir.

– Les machines, sans doute ? Tu sais, il y a du débit, ici ! Nos installations sont ultramodernes !

Soudain, une voix synthétique et joviale s'échappa des haut-parleurs : « PROCÉDURE ACTIVÉE ».

– Comment ça, « Procédure activée » ? m'exclamai-je.

– Qu'est-ce qui se passe ? demanda Jo.

Je me jetai sur la console et pianotai fébrilement sur le clavier, essayant les boutons les uns après les autres. Mais la voix de robot répétait maintenant en boucle son message : « Procédure activée », « Procédure activée »... Le moteur du projecteur de rêve commença à vrombir, en même temps qu'une série de claquements mécaniques se faisait entendre. On aurait dit des aiguillages de voie ferrée. Dans les alambics, ça bouillonnait de plus en plus fort. Sur l'écran, l'image des éléphants tressauta un instant. Et puis, tout à coup, elle s'afficha très clairement.

– Hector ! Regardez ça ! Ils se remettent en marche !

– Hein ? Qu'est-ce que c'est que ce bazar ?! m'écriai-je.

Les vibrations s'amplifièrent. Cette fois, on ne pouvait plus en douter : les murs tremblaient !

– Oh, zut, bredouilla Jo. Je crois qu'on n'a pas fait la bonne manœuvre...

9

Paniqué, je ne pouvais plus détacher les yeux de l'écran. Les pachydermes avaient repris leur défilé, avançant au ralenti. Certains battaient l'air de leurs larges oreilles, d'autres levaient leur trompe vers le ciel. Nous n'avions que l'image, mais je pouvais presque entendre le concert de leurs barrissements. Cette lente procession semblait parfaitement inoffensive, voire hypnotique. Mais sur leur passage, les éléphants arrachaient, renversaient, détruisaient tout : arbres, panneaux de signalisation, voitures, abris bus… Je reconnus alors l'avenue dans laquelle ils s'étaient engagés : ils se trouvaient tout près du Ministère ! Dans quelques instants, le troupeau serait sur nous. Voilà, c'était fichu. On avait échoué. La réalité était sur le point d'être définitivement anéantie par les rêves de Mlle Bermudes ! Et quelle ironie : les éléphants allaient achever leur course en piétinant le Ministère !

– Hector ! hurla Jo. Il faut faire quelque chose, vite !

Ses cris me tirèrent de la stupeur dans laquelle j'étais plongé. Incapable de réfléchir, j'optai pour la manière forte et martelai de mes poings rageurs le clavier de la machine. Sans succès… Imperturbable, la voix continuait de nous narguer.

« Procédure activée ». Cette expression idiote avait de quoi rendre fou !

Jo fixait l'écran, contemplant avec effroi la tête de l'éléphantesque cortège, qui s'était encore rapproché. Le sol et les murs tremblaient maintenant, comme secoués par un puissant séisme. Sous l'effet de la vapeur, les infuseurs semblaient prêts à éclater. Des plaques de peinture et de plâtre commençaient à se détacher du plafond et s'écrasaient au sol. Dans quelques instants, le Ministère des Rêves finirait en poussière. Personne ne nous retrouverait jamais sous les décombres.

Désespéré, je tentai le tout pour le tout et me ruai sur le cordon d'alimentation du projecteur pour le débrancher. J'avais beau m'acharner, rien ne venait.

– Aide-moi, Jo !

La gamine se précipita et empoigna à son tour un bout du câble. Nous nous mîmes à tirer de toutes nos forces.

– C'est trop tard, ils sont dans la cour ! gémit Jo.

Je jetai un œil à l'écran. Sur le perron, le tigre faisait face aux premiers éléphants. Mais cette fois-ci, le fauve n'en menait pas large et reculait tel un chaton terrifié.

– Tire plus fort, ce fichu câble est verrouillé à la prise ! criai-je.

Avec une étincelle, la prise finit par céder, arrachant un pan du mur au passage. Emporté par mon élan, je basculai en arrière, entraînant Jo dans ma chute. La machine grésilla et s'arrêta enfin, et avec elle le tremblement de terre. L'écran s'éteignit, tandis qu'un silence ouaté retombait sur nous.

– Voilà, bredouillai-je, sonné.

– C'est terminé ? demanda Jo d'une voix pâle. Vous croyez qu'ils sont partis pour de bon ?

– Espérons-le… En tout cas, ça s'est calmé, dis-je en montrant les infuseurs, qui semblaient lentement redescendre en pression.

Nous restâmes un moment silencieux, abasourdis par ce qui venait de se passer.

– On va sortir et tout sera redevenu comme avant ? reprit finalement Jo.

– Je pense que ça va prendre quelques heures, répondis-je. On va rentrer chez nous, tu vas te coucher, et quand tu te réveilleras demain, tout le monde aura retrouvé une vie normale.

– Personne ne se souviendra plus de rien ?

– Non. Personne. À part nous, dis-je en montrant le dossier, où figurait son nom en grosses lettres. On aura quelques souvenirs fugaces de ce qui s'est passé, comme lorsqu'on se réveille après une bonne nuit de sommeil…

Je n'aurais su dire si Jo était soulagée ou déçue. Peut-être les deux à la fois ? Elle se contenta de hocher la tête sans poser d'autres questions. Pour ma part, je réfléchis à ce que je pouvais bien faire pour éviter une sanction très lourde. Certes, une fois les choses rentrées dans l'ordre, plus personne ne se souviendrait de ces événements. La réalité finissait toujours par s'imposer, et en cas de problème, on veillait toujours à effacer la moindre trace des rêves échappés. Mais là, j'étais l'auteur de ce qu'on pouvait appeler une très grosse bourde, et je n'osais pas imaginer le sort qui allait être le mien quand le rapport d'activité révélerait tout ça à ma hiérarchie. J'allais certainement écoper d'un blâme. Ou même être chassé comme un malpropre…

Tandis que Jo récupérait ses esprits dans un coin de la pièce, j'entrepris de ramasser les feuilles éparpillées au sol. Ah, si j'avais classé ce fichu dossier dans les temps, rien de tout cela ne serait arrivé ! J'aurais poursuivi ma petite vie tranquille, ma routine, mon café le matin. J'aurais soupiré tant et plus en rangeant d'autres dossiers. J'aurais continué à couler des jours dépourvus d'aventure, mais à l'abri du besoin. Quant à Jo, elle aurait de toute façon persisté à ne rien écouter en classe. Avec un tempérament comme le sien, il y avait fort à parier qu'elle aurait immédiatement trouvé un autre moyen de s'échapper dans ses mondes imaginaires, non ? Je souris en songeant qu'elle avait toutes les chances de vouloir devenir cosmonaute ou championne de VTT d'ici la semaine suivante !

Je balayai la pièce du regard. Bon, à part une ou deux fissures dans le mur, il n'y avait pas de dégâts irrécupérables. Une équipe se chargerait de réparer la prise endommagée. Je m'arrêtai un instant sur une énorme machine, qui occupait un angle sombre de la pièce. La broyeuse. C'était donc là qu'on faisait disparaître les dossiers dangereux… Un passage dans le ventre de cette machine redoutable, et il ne restait rien des rêves les plus tordus et des cauchemars les plus épouvantables. Même leurs auteurs n'en avaient plus le moindre souvenir ! Un rêve à la broyeuse, c'était un rêve qui n'avait jamais existé !

Une idée se mit à germer dans mon esprit embrumé… Et si personne n'entendait jamais parler des rêves de Jo ? Si toute trace de ce dossier mal aiguillé disparaissait pour de bon ? Ma hiérarchie serait bien informée qu'un incident s'était produit, mais sans avoir plus de détails. En tout cas, rien qui permette de remonter jusqu'à moi…

Je me dirigeai lentement vers la machine. Si je détruisais le dossier, il ne resterait aucune preuve de ma culpabilité… Jo aurait tout le loisir de s'inventer d'autres rêves, c'était évidemment absurde de ruiner ma carrière pour un caprice de gamine ! J'enclenchai l'interrupteur de la machine, qui démarra dans un bruit lugubre.

– C'est quoi, ça ? demanda Jo en relevant la tête.

Je ne répondis pas et lui tournai le dos pour rassembler les feuilles en un petit tas compact. Je l'entendis faire quelques pas vers moi.

– Hector ? Qu'est-ce que vous fabriquez avec mon dossier ?

Il fallait que j'agisse vite. Jo n'était pas en mesure de comprendre ce qui était en jeu, et ça ne servait à rien de tenter de lui expliquer la gravité de la sanction qui m'attendait. Déterminé, j'approchai la liasse de l'ouverture béante. J'imaginai qu'il suffisait d'y glisser le dossier pour qu'il soit déchiqueté, désintégré, avalé… et qu'il disparaisse à jamais, avec les rêves des criminels les plus abjects.

– Hé ! insista Jo, en faisant le tour de la machine. Vous faites quoi avec mon rêve ? Vous n'allez pas le détruire quand même ?

– Écarte-toi, tu vas te blesser ! dis-je en évitant son regard.

– Non ! s'écria-t-elle en se penchant au-dessus de la bouche de métal. Vous ne pouvez pas faire ça ! Vous aviez promis que mon rêve ne serait pas détruit, Hector !

– Pousse-toi, Jo ! ordonnai-je. C'est un mauvais moment à passer…

– Arrêtez, Hector ! Ne faites pas ça !

– Crois-moi, Jo, après ça, tu vas pouvoir grandir tranquille, sans être tracassée par toutes ces images qui ne te mènent nulle part…

– MAIS C'EST PAS INTERDIT DE RÊVER QUAND MÊME ! hurla Joséphine en se précipitant sur la broyeuse pour m'empêcher d'y glisser les feuilles.

Je vis l'instant où elle allait basculer et se faire hacher menu par les lames, et sans réfléchir, je laissai tomber le dossier au sol, pour la retenir *in extremis*. Elle se débattait et pleurait en même temps, et je parvenais à peine à contenir sa colère et son désespoir. En la serrant contre moi, je pris soudain la mesure de ce que j'avais failli faire. La réalité me frappa de plein fouet : il fallait quand même être un sale type pour sacrifier sans hésiter les rêves d'une fillette au profit de son petit intérêt personnel ! Alors oui, d'accord, je n'étais peut-être pas un héros, ni même un aventurier, mais je n'étais pas un sale type… Et ça, j'en étais sûr.

– Excuse-moi, dis-je doucement. Excuse-moi, Jo…

Elle se calma peu à peu, tout en continuant à sangloter.

– Vous aviez promis, Hector, vous aviez promis…

– Oui, c'est vrai, Jo… Je ne sais pas ce qui m'a pris… Et je regrette infiniment d'avoir eu cette idée ! Mais là, tu peux me faire confiance : ton rêve ne va pas terminer dans le ventre de la broyeuse… On va l'archiver, et cette fois, on va BIEN l'archiver !

10

Ce n'était sans doute pas la démarche la plus raisonnable, mais j'entraînai à nouveau Jo dans le dédale de couloirs et d'escaliers du Ministère. Il me sembla qu'il y avait déjà moins de traces de végétation qu'à notre arrivée, et en tendant l'oreille, je ne perçus aucun cri étrange. Les choses étaient sans doute en train de rentrer dans l'ordre.

Les archives étaient situées tout en haut du bâtiment, sous les combles. Nous grimpâmes les étages sans échanger une parole. Je n'aurais su dire si Jo était soulagée ou résignée.

– Voilà, dis-je enfin en ouvrant une petite porte. On y est ! Bienvenue dans mon repaire.

Jo fit quelques pas et pénétra dans la pièce. La végétation obscurcissait encore les lucarnes et il faisait un peu plus sombre que d'habitude, mais la lumière filtrait néanmoins à travers des dizaines et des dizaines de rayonnages.

– C'est quoi tout ça ? demanda Jo en s'avançant prudemment.

– Ce sont les rêves des gens ! expliquai-je assez fièrement. Classés par ordre alphabétique !

– Je peux regarder ?

– Normalement, c'est confidentiel, mais… je crois bien qu'on n'en est pas à notre première entorse au règlement !

Jo s'approcha d'une étagère et déchiffra quelques noms avant de retirer un dossier.

Elle commença à lire à haute voix :

– Tous les matins, je vais à l'école sur le dos de ma licorne. Elle est très gentille. C'est ma meilleure amie. Ensemble, on joue à la marelle…

Elle leva les yeux et me lança un regard goguenard.

– C'est complètement nul, comme rêve !

– Pas plus que de transformer une ville en jungle…

Jo réfléchit un instant.

– Mais de toute façon, à quoi ça sert d'archiver ce rêve ?

– C'est une manière de le mettre de côté.

– Qu'est-ce que ça peut bien faire si cette petite fille est amie avec une licorne ?

– Les licornes, ça n'existe pas ! Et ça agace certains parents que leurs enfants passent leur temps avec un ami imaginaire… Alors ils nous confient ce rêve, on le classe, et les enfants reprennent une vie normale. Une vie d'élève, quoi !

Jo fronça les sourcils. Mon explication ne semblait pas lui convenir. Et je dois dire que je n'étais pas très convaincu moi-même par tout cela. Elle haussa les épaules et posa le dossier négligemment sur le bord de l'étagère pour en prendre un autre.

– Hé ! intervins-je. Chaque chose à sa place, s'il te plaît…

Jo s'exécuta avant de s'emparer d'un autre dossier et de se plonger dans sa lecture.

Jo m'accompagna jusqu'au rayonnage abritant la lettre B, et elle glissa elle-même son dossier dans une pochette suspendue, sur laquelle j'écrivis en toutes lettres : JOSÉPHINE BERMUDES.

– Voilà ! m'exclamai-je, soulagé. Il t'attendra bien au chaud !

Jo se pencha sur la pochette, visiblement émue :

– Je ne tarderai pas ! souffla-t-elle.

Après cette petite cérémonie, j'entrepris de classer la pile de dossiers qui me narguait depuis des semaines. Je savais bien que je ne ferai pas long feu au Département des Pieds sur Terre après ma terrible bourde, et je tenais à laisser place nette à mon successeur. De son côté, Jo continuait à déambuler entre les rayonnages.

– Hector ! Venez voir ! s'écria-t-elle soudain.

– Quoi donc ?

– J'ai retrouvé votre dossier

– Hé ho, je t'ai dit que c'était personnel !

Je me hâtai de la rejoindre, et la découvris accroupie, penchée sur une liasse de feuilles.

– Alors ça, c'est drôle ! Vous vouliez être écrivain, quand vous étiez petit ???

– Donne-moi ça, ça ne te regarde pas !

Je ramassai en hâte le dossier étalé sur le sol.

– C'est dommage, c'était une bonne idée, commença Jo. D'ailleurs, je…

– Mais on n'a pas que des bonnes idées, à dix ans ! la coupai-je. Heureusement, mes parents m'ont poussé à faire un métier sérieux, et je ne les en remercierai jamais assez ! Sans eux, je ne serai sans doute pas là aujour…

Mais je n'eus pas le courage de terminer ma phrase. Jo me fixait de ses grands yeux.

– Une histoire, c'est une chimère, repris-je, sur la défensive. Ce n'est pas la réalité. On ne peut pas construire sa vie sur… du vent ?

– Si on lit des histoires, c'est qu'il y a quand même des gens pour en écrire ! déclara-t-elle. Et ça, c'est pas du vent !

Je serrai mon dossier contre moi, incapable de répliquer. Ça faisait dix ans que je travaillais au Ministère des Rêves. Que je consignais soigneusement les rêves et les aspirations folles de tous ceux qui venaient nous trouver. Les aider à avancer raisonnablement dans leur vie m'avait jusqu'à présent semblé être une mission noble. Parce que j'avais toujours regardé un peu de haut ceux qui passent leur temps à bayer aux corneilles, à rêvasser, à échafauder des plans invraisemblables, à imaginer des histoires plus improbables les unes que les autres. Ceux qui se laissent porter par leur imagination, au lieu d'agir et d'être dans le concret. Mais aujourd'hui, j'étais assailli par une pensée terrible : et moi, qu'avais-je donc accompli de si concret ? Et si j'étais passé à côté de la réalité, à force de m'interdire de rêver ?

Épuisé, je m'approchai de la fenêtre et posai mon front contre la vitre. Dehors, la jungle semblait moins dense. Le retour à la réalité était définitivement enclenché.

– Bon, je vais te raccompagner chez toi, dis-je. La nuit va tomber, ce serait bien de rentrer…

Jo me considéra un moment, avant de hocher la tête et de se diriger en silence vers la sortie. Mais juste avant la porte, elle se retourna, et me lança avec un œil pétillant :

– C'est vrai que je suis encore un peu jeune pour devenir exploratrice. Mais vous… vous ne pensez pas qu'à votre âge, il serait temps de sortir vos rêves du placard ?

Épilogue

Dix ans plus tard...

– Tu as du mal à te réveiller ce matin, Mironton ?

Mon vieux chat s'étira paresseusement sur la table du petit déjeuner, avant de se rouler en boule juste à côté de mon bol de café, pour avoir bien chaud.

– Pique un petit somme, va ! dis-je en le caressant doucement. Profite…

Je beurrai mes tartines avec application, savourant ce délicieux moment où la maison se remplit de l'odeur du pain grillé et du café… Une nouvelle journée commençait, pleine de promesses ! Je jetai un coup d'œil par la fenêtre de la cuisine. Ce matin, la mer se confondait avec le gris du ciel. Un présentateur météo peu inspiré aurait parlé d'un temps couvert. Pour ma part, je ne pouvais m'empêcher d'y voir un horizon dégagé, ouvert sur le monde.

Depuis que j'avais emménagé dans cette petite maison reculée, je ne me lassais pas de cette vue sur l'océan. Le paysage était bien sûr toujours le même, mais chaque jour, le spectacle était différent, unique. Inattendu. Je pouvais passer des heures à regarder les vagues rouler et s'échouer sur la plage, ou suivre le vol des goélands qui se laissaient porter par les airs. Parfois, au loin, je voyais passer de petits voiliers, des chalutiers ou même des cargos. J'aimais imaginer la vie des gens à leur bord. Inventer ce qu'ils pensaient, ce qu'ils se racontaient. Vers où allaient-ils : le grand Nord ou les Tropiques ? Ou plus simplement, rentraient-ils au port de pêche du coin ? Cette fenêtre sur le grand large, c'était une invitation à la rêverie !

J'allumai la radio et me mis à écouter d'une oreille distraite, vagabondant d'une pensée à une autre, surfant sur les nouvelles sans y prêter grande importance, jusqu'à ce qu'une voix claire attire mon attention.

– Ah, c'est un rêve qui remonte à l'enfance ! J'ai toujours voulu être exploratrice...

Je montai un peu le volume.

– Joséphine, dit la voix du journaliste, expliquez-nous...

– Jo, je préfère qu'on m'appelle Jo !

– Alors, Jo... Comment avez-vous découvert cette nouvelle espèce de singes, absolument inconnue jusqu'ici ?

– C'est une longue histoire, faite de chemins détournés, figurez-vous...

– Racontez-nous, je suis sûr que nos auditeurs rêvent d'en savoir plus...

– Tout a commencé il y a deux ans, j'ai fait la rencontre d'un vieux monsieur assez étonnant, qui avait beaucoup voyagé dans sa jeunesse. Il avait ramené de ses pérégrinations des carnets, dans lesquels il...

J'étais fasciné. C'était Jo ! Jo Bermudes ! Elle était à la radio et parlait de ses découvertes ! Je m'approchai du poste et l'écoutai un long moment raconter ses aventures au bout du monde, ses longs mois passés à arpenter les jungles d'Asie à la recherche de petits singes repérés sur de vieux carnets de dessins…

– *Vous ne vous êtes jamais sentie un peu perdue, au milieu de la jungle, Jo ? Car, rappelons-le à nos auditeurs de la matinale, vous avez tout juste vingt ans ! Ce n'est pas un peu incroyable de partir comme ça, toute seule, à l'aventure ? Vous aviez une idée précise de votre itinéraire, de la durée de votre exploration ? En somme : vous saviez où vous alliez, Jo Bermudes ?*

– *Oui, et non ! J'ai préparé ce voyage très longuement avant de partir, mais... une fois sur place, c'est vrai que je me suis laissée guider par ce qui venait à moi... Vous savez, avancer sans forcément savoir où l'on va, c'est déjà faire un bon bout de chemin ! Souvent, c'est le voyage qui compte, plus que la destination...*

Sacrée Jo ! Depuis notre rencontre ce drôle de matin, où la réalité avait méchamment disjoncté, je ne l'avais plus jamais revue. Mais j'avais souvent pensé à elle en me demandant ce qu'elle avait bien pu devenir. J'avais enfin ma réponse ! Jo avait gardé ce ton enjoué et émerveillé, ce regard amusé sur la vie et les petits incidents qui nous font parfois emprunter des sentiers insoupçonnés.

– *Non, je ne sais pas encore ce que je vais faire maintenant. Je vais me reposer un peu, et j'en profiterai pour rêver à d'autres expéditions. C'est un beau programme, non ?*

– Absolument ! Merci pour cet agréable moment passé en votre compagnie, Jo Bermudes, et on vous souhaite bon vent pour la suite !

– Merci !

– Tout de suite, retour à une autre réalité, avec un sujet qui va vous...

Je coupai la radio et restai là un long moment à contempler la mer. J'étais tellement heureux de savoir que Jo avait poursuivi ses rêves ! Après notre mésaventure commune, je n'avais plus remis les pieds au Ministère. Je m'étais contenté de laisser une lettre de démission sur le bureau de mon chef, et j'avais décidé de changer de vie, n'emportant avec moi que mon vieux Mironton et une petite valise. Je m'étais installé ici, loin de la jungle urbaine, et je dois dire que je me félicitais chaque matin d'avoir pris cette décision radicale.

Imitant mon chat, je m'étirai longuement et me décidai enfin à gagner mon bureau.

La pièce était petite, mais confortable et bénéficiait elle aussi d'une jolie vue sur l'océan. Je m'installai à l'ordinateur et me mis à relire ce que j'avais écrit la veille. Je fis quelques corrections, repris une ou deux phrases et satisfait, je m'attelai à la suite. Mon nouveau roman n'était pas tellement avancé, et je ne savais pas encore très bien dans quelle direction il allait m'entraîner. Mais je me délectai de cette douce incertitude, heureux de m'égarer au gré de mon imagination. C'était tellement bon de ne pas savoir où j'allais !

N° d'impression : 141420

Imprimé en France par CPI
en avril 2017